航 海 日 誌

哲 学 2
図書館哲学

織 部 浩 道

我 が 家

犬 山 城

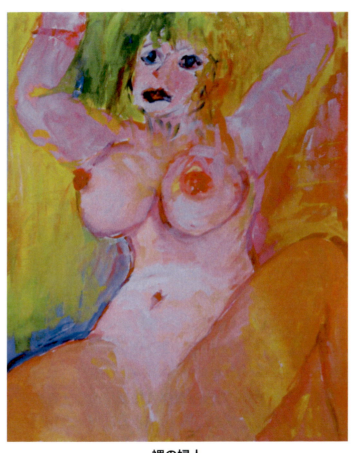

裸の婦人

母　織部照子にささげる

　父、貞夫は貞市より生まれ、母は今井家より、父と結婚する。兄 誠司と弟 浩道が誕生する。

　いなば郡那加、二の宮病院にて生まれる（1960. 3. 18）。

　母（S9. 11. 21）は、80才となる（H26.11.21）。兄 誠司（S31. 11. 24）59才、弟 浩道（S35. 3. 18）55才。

　母は洋裁、漢方を得意とし、兄は、行財政、経営。

　父は54才にして他界。

　今井家は、せい、らい、今井きみゑ（祖母）とし、今井日出雄（祖父）とする。

　織部家は、板金工場から、税理士経営、その他。母は、浩道（30）の事故を支え、楊美妮を浩道の妻と認め、曲昭静をまごとして向かえる。

2014. 12. 5

ある日、私の目はかがやいた。

こんなことをしている場合ではない。人生とは、何か、今を生かすとは何か。この質問で、数々、悩んだあげく出した結論は、航海だ。

既に、不思議な話は、ころがっている。しかし、自分で検証しただろうか？ 50になって、あることに気がついた。幸運な事に、そのとき結婚できた。仕事とは、何か、自分を生かしていく糧である。結婚になるのは、出会いをつかむかどうかである。チャンスをつかむか否かである。そして、それが、本当の因果応報の約束であるということ。

運命のチャンスを掴み、結ばれる。

楊美妮、曲昭静。

彼女等とは、大連、東北部を旅し、祝福された。

大連は、満州国があった所で、市電があった頃の岐阜に似ている。旧日本軍の生き残りの人が、まだいるという。高層ビルが立ち並んでいるが、もう一つ活気がないような気がする。

しかし、金州区に飛行場が新たに出来るという

ことで、リゾート開発がされていた。

美妮の姉は、水道局に勤め、弟は、そのリゾート開発にも関係している。妹は、二人いるが、どちらもひょうきんだ。

大連の料理は、日本の料理と味が似ていて、煮ものや、天ぷら、刺身などがある。

母は、無口で、明るい笑顔をしている。

私は、幼少の頃から、どろまみれになって遊び、学び、考えた。いろいろな事の不思議に、興味をもち、なにげなく、そんな類の書物を読んだ。小説、絵画、哲学的な事が好きで空想にふける、そういう感じだった。歴史や、科学で、学び、大きくなるにつれて、地球や宇宙の構造や、神秘的な事に興味をもつ。仏教、キリスト教、神道、道教などに属し、神智学協会、来世研究会に入る。

小さい頃、星が満天にかがやき、一等星、二等星と呼ばれ、天の川が、銀河にかがやいていた。深い、のうこんのしっこくの中で、宝石よりも、まばゆく、星々が、かがやいていた。太古の昔から、星座をながめて、ラクダが旅をしたとか言わ

れていた。

　しかし、その規則性に気づいたのは、ケプラー
やガリレオ、ニュートンではないだろうか。また、
古代のマヤ、マラテカ、インカ文明、エジプト文
明にも、このなぞはある。

　過去になにをしたか？

　過去に、何度も、過ちをおかした。そして反省
した。しかし、夢だけはどうしようもない。若い
頃、相対的真理と絶対的真理は、ちがうという答
えを出した。

　偶然と必然とが同じであるとか。

　しかし、ＡとＢと同じ経験をしても、まったく、
とらえ方がちがう。ある意味で、相対的真理でも
あり、絶対的でもある。

　物の見方、角度を変えるだけのことである。

　古代、アリストテレスは、自然、人、宇宙とい
うようなとらえ方をしていた。そこから、エーテ
ル、火、水など元素というか、そういう考え方に
たどりつく。もちろん、古代、エジプト、死者の
書には、太陽神ラーという考えがある。

神様が、太陽という船にのって航海しているという絵だ。その論者もいて、プラトン、ニュートン、ケプラーなどは、同じ事を考えていたと思う。惑星と恒星との関係とか、動きとかいうことだ。
　小さい頃にも、考えていたが、やっぱり、ある日、日時計というものを教えてもらって気づいた。

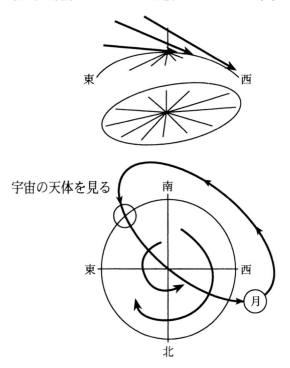

宇宙の天体を見る

よく、観察していないので、知らないが、左回りか、右回りかですけど、たぶんすべてが、地球と平行には、回っていないはずです。

　北斗七星をながめても、高さとか、角度とかちがう。春、夏、秋、冬の星座があるということは、ガリレオの発見でもあるし、古代、多数の人々が、航海した時に、参考にした事だと思います。陸での冒険でもそうです。

　まづ、冒険というのは、たくさんの事に気づきます。すべてです。服そう、ファッション、食べ物、動物、植物、景色、こうけい、生き物、売り物、買い物、言語、すべてが、ちがいます。

　まず、その場面、場所での価値です。

地点

　①　Aが、1000でBが500×2

　②　Aが、500でBが200×5

　すべては、価値観が、ちがうということです。

　労働、つまり、やる気がするとか、しないとか、その負担が、重いとか、軽いとかいうよりも、人がいやがる仕事の価値が、高いです。好きでやっ

てる仕事はまったく金にならない。むしろ、金が
かかる。

　金をつかってでも、ほしい知識とか情報など、
いくらでもあります。むしろ、その経験による価
値の方が、高い。

　一つ、気づいたのは、情報の関連性という事で
す。

　A→B→C→D→E→F→G…と物事は、無限
に関連していく。Aが、これが高いとか、Bがかっ
こいいとか、Cが値が上がるとか、Dは他のもの
がいい。

　たとえば、石ころ一つ見つける。少し、つばを
つける。そして、つめをみがく。これは、でき
る。そして、葉をちぎったり、根っこをけずった
り、あとは、ご存知だと思います。中には、これ
を宝石としてかう。いわゆる、付加をする。付加
価値。つまり、石ころ、みつけて、みがくことで、
1000倍にも、1万倍にもなる。価値のあること
なら、やってみよう。

　チャレンジしよう。自分に対する投資である。

私にとっては、冒険である。

　たとえ、AからDに行けなくても、BかCで見つけるかもしれない。意外と音とか、音楽との出会いは楽しい。

　まず、出発までの準備に、いくつもの発見をするかもしれない。これは、自分だけの事でもあり、冒険者にとって必要なことです。計画、企画があるかということ。やっぱり、お金があるかとか、心配をしないとかです。あとの事まで、思うときりがないです。

　決断と意思と運命、夢。これは、しょうがないことです。私は、決めたら、やるだけです。運命は、決まってても、変えられる可能性が少しはあると、父は言ってました。

　それについては、わかりません。今、やめれば、それで、運命ががらっと変わるかもしれません。

　私は、運命論者であるかというと、必ずしも、そうではありません。運命をうらぎるかもしれません。その事によって、人生がくるうでしょう。それは、因果応報の約束をやぶることになるかも

しれません。

　しかし、100％かなうなら輪廻という思想はないはずです。

　なぜ、生まれかわるのか。

　永遠の命があるからというのは、一つの結論です。しかし、同じことを繰り返しても、なにも、磨けません。時代のすいいを考えても、少しづつ変わっていきます。

　今は、情報社会。すべて、わかっているような時代です。それこそ、パソコン一つあれば何でもわかる。

　空からでも、わかる。宇宙からでもわかる。

　しかし、自分の確かな情報とは、何でしょう。やっぱり、見て、確かめて、気づくことです。だから、航海に行きたい。

　ニュートンというのは、たぶん、ケプラーの研究を知ってて、海水がなぜ落ちてこないのかとか、月がなぜ落ちてこないとか考えていたと思います。

　そして、はたと、リンゴを見る。

コロンブス、マゼラン、バスコ・ダ・ガマは、一周しようと考える。

　遅れて、ダーウィンが、ガラパゴス島から、進化論を考える。イタリアがどこかで、海ガメでもながめてたそうですが、それが大きな発見だと思います。

カメがなぜ、海から、陸へ上がってくるのか。そして、卵を生む。確かに、にわとりの卵と似ている。

　魚はどうだ。人間は、どうだと考える。

　人間は、確かではないが、精子と卵子だとする。しかし、生まれるのは赤ちゃんだ。動物も、そうだ。少なくとも、仮説はできる。分類から。

　それが、進化論でしょう。

　あとは、ハッブルから、アインシュタインへと続く、宇宙理論。

　ビッグバン理論。

　何もないところから、宇宙ができる。これに関しては、神智学協会が、いわゆる原始宇宙の青写真はあった。

　つまり、最初に、何らかの宇宙があった。ブラ

ヴァッキー夫人などは、キリスト教から、その深いどうさつをする。

　要するに、宇宙の中の三位一体というか、力の法則というようなことを言われている。

　アインシュタインは、電話局にいて気づいたと思う。つまり、電波の速さだと思う。これが、何で、電車や、汽車より、速いのかということだろう。そこから、相対性理論は広がっていったのだと思う。

　時間も、空間も、質量も変化する。まがる、ゆがむ、ちぢむ。

　ブラックホール、これは、かなり空想論から、進んだと思う。反対側の世界、ホワイトホール、そして、超ひも理論などある。メビウスの輪まで、あるから、宇宙の構造など、解けるわけない。そして、天体観測で造り出す、不思議世界は、何なのか。右にも、左にも、ぐるぐるまわってるメビウスの輪みたいな不思議な世界。

　実は、南半球のあたりで、きみょうな現象に気づく。いわゆる、磁場がちがうとか、空間的にも、

日本の重たい空間とは、ちがう。

　サイパンあたりでは、光のエネルギーのせいか、あまり、体がつかれない。日本の中でも、あすかあたりの磁場は、特別重い。

　また、旅というと、地形とか、食文化に気づくわけだ。それで、食事の話というか、料理の話に移ります。

　まず、鍋に、じゃがいもを入れて、加熱します。すると、熱エネルギーから、ことことことことじゃがいもが動きます。蒸気でもありますし、圧力の関係もあり、につまる。そして、ふかふかになる。エネルギーの変化だけど、水力であり、火力であり、電磁力であるというわけです。

　雨がふってくる。

　あたり前のようだけど、天から水がふってくる。これは、古代の人々にとっては、不思議な現象だと思います。何だかんだと言っても、ぶあつい雲が来ると、大つぶの雨がふる。あの上に、魔法使いでもいるのか。今だに、そう思います。

　雲は、右から左へ進む場合と、左から右へ進む

場合とあります。地球は自転している。これは、常識ですが、どう回転しているか？

一日に、一回、回転している。

これは、太陽を見ているとそう思えるわけです。それは、陽がのぼり、また、しずみ、のぼるからです。これを、一日としているわけで、本当は、その間に、何回、地球が回っているかということは、わからない。

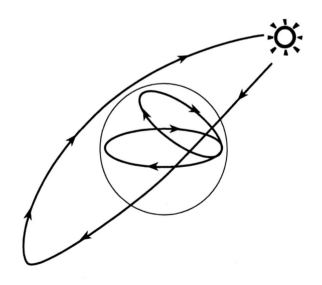

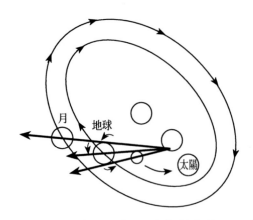

　日が長い時と、短い時とがある。これから、考えると、太陽の回りを、だえんに、回る確率がある。
(仮定) 月と地球と平行して回っていると考える。

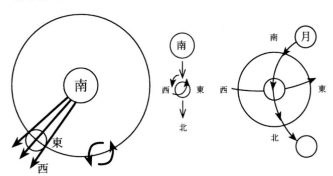

(仮定) 月が地球より、やや高い所にある。
　　　　地球の内側か外側にある。自転でまわる。

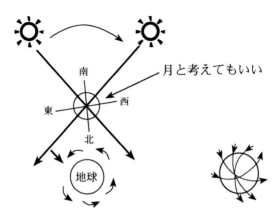

太陽のまわりを回っているといっても、光の角度から、おひさまは、上の方にあるということは、地球は、だ円形にそのまわりをななめに自転しているといっても、その公転は、下のきどうである。

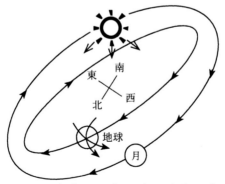

太陽と月は、地球より高い南の方角にある。

地球が静止空間にいる。

すなわち、太陽より、下の空間に、静止している。いわゆる宇宙の中での静態論。空間自体が動いている、宇宙動態論。

これは、地球も、どこかに向かって動いている。飛んでいる。空間自体の中で、静止している。空間自体が、動いていく。地球自体は、まわっているだけである。つまり、宇宙空間自体が動いているようにしか、地球からは、見えない。わからない。

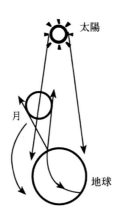

図書館宇宙論

　マルコ＝ポーロが、東方見聞録を著すことによって、黄金の国ジパングが見つかる。陸路で、詳しいことがわかると、今度は、海からという流れになるのではないか。

　ポルトガルの王子、エンリケの航海。

　コロンブス、バスコ・ダ・ガマ、マゼラン。

　他方、中国では、鄭和が、インドや東南アジアに向けて大航海をしている。

　そして、コペルニクスの地動説が出てくる。

　謎なのは、邪馬台国で、その頃から、日本の大陸への航海は、あった。古くは、プレートの移動説もあるので、日本民族は、いったり来たりしていたかもしれない。

　明らかなのは、隋、唐に、使者を送っていることである。そして、仏教の伝来、平城京へと続いていく。

　ガリレオ（1564～1642）

　ケプラー（1564～1630）

ニュートン（1642〜1727）万有引力の法則

フランス革命1789年

要するに、今のところ、私のは、図書館宇宙論である。

鄭和（1371〜1434）大航海

マルコ＝ポーロ（1254〜1324）東方見聞録

ジパング　フビライ＝ハン

1415　エンリケ　航海

1492　コロンブス　第1回航海

1493　　　〃　　　　2回

1498　バスコ・ダ・ガマ　カリカット到達

1502　　　〃　　　　2回

1502　コロンブス　　4回

1513　バルボア　太平洋発見

1519　マゼラン　世界周航出発

1543　コペルニクス　地動説発表

＜詳説　世界史図録　山川出版社＞

239　邪馬台国　卑弥呼

538　仏教伝来

600　遣隋使　1回目

607　遣隋使（小野妹子）

630　遣遣唐使

645　大化改新

710　平城京

753　鑑真来日

794　平安京

804　最澄、空海　入唐

航海時代をさかのぼっていくと、やっぱり倭国、邪馬台国になります。

581年　隋　建国　高句麗、百済は朝貢

589年　隋、中国統一

600年　倭王（第1回遣使派遣）

　　　　隋と高句麗とは敵対関係

　　　　詳説　日本史図録

昔の本には、確か、239年、倭のなの国王となっていた。

しかし、日本の縄文時代は、1万年以上前にあったとされる。

その時、既に、土偶、土器、石器があった。他方、エジプト文明は、ロゼッタストーンの解読で、

大変なことになるが、1799年のことで、ナポレオンの命令で、エジプト遠征によるものである。

こうみると、マケドニアのアレクサンダー大王というのは、すごい遠征をしたものだ。アリストテレスが先生ということで、兵法などがちがったようだ。

ブラヴァキー夫人は、太古からのミステリー、プラトンによる、アトランティス大陸の首都テラとした伝記、古代の記録から、神智学のかぎなど、大変な本を残した。

シュタイナーのレムリア大陸、ムー大陸の研究、オルコット大佐などによる神智学などからすると、ブラヴァキーさんと、シュタイナーはほぼ同時代で、シュタイナーが年下ということになります。

ブラヴァキー夫人は、方々をまわり、マドラス、ニューヨークなどで、言語学の研究もしている。

それは、地球一周が、可能になってからだ。

宗教哲学について、古いとされるのが、エジプト死者の書、チベット死者の書、リグ・ヴェーダ、

バガバットギータ、などである。サンスクリット哲学というのは、ウパニジャド、密教哲学というか、個我と神との関係、すなわち、内なる神と、外なる神、個と宇宙の一体、つまり、梵我一如、個人的な宇宙と、天の宇宙は、一体である。つまり、宇宙は、自分の中に、内在し、そのまま宇宙に投影されている。

万物は、すべて一体。

そもそも、そこから、ビッグバン理論は、できあがったのかもしれない。

ハッブルという人は、赤方偏移から、星のかがやきの統計をつくった人で、そこから、宇宙の大きさというものを求めたと思う。

宇宙も、産ぶ声をあげる。

つまり、卵のからをわるように、バカンとできあがる。もちろん神は静寂の中にいた。くるおしいまでの愛情から、宇宙を創られた。つまり、愛からできあがった。

しかし、静寂というか、見えない、きこえない、何もない世界である。

そして、今、ある世界。

ありのままの世界。

光、風、木々、山々、海、陸、潮さい。緑は輝き、うすい青空。そして、少し、雪がつもった道路。

(2014. 12. 6)

経済について

　AとBの交換。

　Aの価値観とBの価値観の一致。すなわち取引。

　商売は、農業から始まったとしよう。たとえば、りんごとみかんの交換。もちろん、もちだしは、いる。材料、費用、田、畑、工具など、これを出資金、元入金、資本金という。

　個人商店、会社、国営企業、コルホーズ、ソフホーズは、農業を国営企業とした。

　これは、農業の工業化というか、生産性の向上だと思う。あと分配の公平性、能率など。

　労働意欲の問題もあり、やっぱり、個人的農業の方が生産性が高いのか？

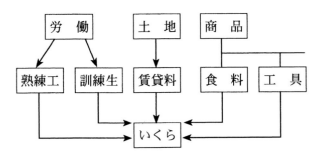

土地は、農作物ができれば、貸すことによって、収入が得られる。固定資産税などの税金が引かれる。出来高性の場合もある。

　商品は、欲しい物と欲しくない物、必要なものと、必要でないものは、人と場所によって大きく、価値が異なる。

　労働は、熟練工で、一定の仕事ができれば、賃金はきまり高くなる。見習いは、安い。

　マルクス、エンゲルスは、共産党宣言の中に、もともとは、トマスモアが楽園の島からユートピアというものを書いた。

　しかし、続いて、資本論を書いている。

　共産主義も資本主義も、誰が資本を持つかということで、どちらかというと、国営か、民営かということである。

　国富論のアダム・スミスは、貨幣の価値と商品、労働とのことをうまく書いていて、リカードは、その前に、課税論を書いている。ケインズは、需要、供給の関係を、グラフや数式であらわした。

　マルサスは人口論。

あとは、1905年1917年、レーニンのロシア革命、つづいて、毛沢東を中心にする文化大革命。フランス革命もあるが、それは、あまり知らない。

　思うに革命は、貧農や地主のさくしゅから始まり、小作人等が、社会をひっくり返すのだろう。

　文化革命の場合は、文化を進めようということで、政府側につくか、どうかの問題である。しかし、ユートピア（理想郷）というものを、そこそこで考えている。

　日本も、ユートピアかもしれませんよ。今は。

April

アップル

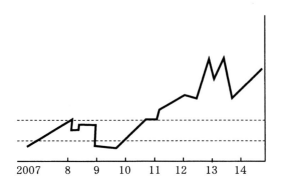

　アップルは、日本では、iphone5、ipadにより、爆発人気。
　ipadmini。
　2015年、iphone6＋（ゴールド）
　人気、急上昇中。

為 替 取 引

1$→100円→120円

HK$→12.5円→15.00円

金　1オンス　31.1035g、28.3495g

1g→38.35ドル

1,192.80ドル/oz

1g→4,659.64円

USD/Jpy：121.505/円

　昔、金本位制というものがあった。今でも、連動して、動くかもしれない。取引だから、マーケット（市場心理）によって決まる。

ブエノス ディアス	ブエノス ディアス	ブエノス ノチェス
おはよう	こんにちは ありがとう	こんばんは グラシアス

　金、銀、銅のうち、黄銅貨にひかれる。

　金、相場自体は、上昇しているが、コイン相場

は、少しも連動しない。

　コインは、年代ものが、高く、純度や、デザインではないようだ。

場合によっては、取得原価の⅓でも売れない、金の板よりも、安いと言われることもある。

　銀は、比較的、安いが、プラチナは高い。黄銅貨は、金色にかがやくが、やがて、光を失う。

　しかし、やっぱり、ひかれる。

　私のコレクションでは、パンダのプルーフ金貨と、皇室の金貨がベストだろう。

　為替は、ホンコンドルとUSDで、利ザヤを得る。

　株取引自体は、成功しなかった。

統　計　学

「世界国勢図絵　第25版　2014/15
　　　（公財）矢野恒太記念会より」参考
2012年

	GDP	WORLD	人口	所得 (1人あたり)
USA	16.2	(兆ドル)	3.2	52.013$
中国	8.3		13.8	5.958
JPN	5.9		1.27億人	48.324
GER（独）	3.4		8.2千万人	42.364
F（仏）	2.7		6.5千万人	40.297
Britain（英）	2.5		6　千万人	39.248
ロシア	2.0		14.2	13.711

「統計要覧　2014年版　二宮書店」

46億年

　冥 王 代→始 生 代→原生代→ゴンドワナ大陸
　（先カンブリア時代）
→古生代→中生代→新生代→カンブリア紀
→オルドビス紀→シルル紀→デボン紀→石炭紀
→二畳紀→三畳紀→ジュラ紀→白亜紀

ホンコン、マカオ

名古屋から、ホンコンへ

方位磁石を取り出すと、南南西へ向っていることになる。

ホンコンは、デモの最中であるが、そんな所は、一度も見ない。

空港は、かつての九龍から、はなれて別に出来あがっている。もちろん、ブルース・リーで有名だった所だ。ホンコン島と、九龍半島からなるが、パンダホテルという、よく、わからない所で、宿った。

3Fに、外部への通路があり、市場まで、買い物にいける。

スロープをおりて、公園を歩くと、エレベーターを見つける。

そこから、地下へ行くと、鉄道が走っている。ホンコン湾まで、鉄道へ行くと、圧巻の景色だ。そこから、マカオまでのフェリーがでている。

ギャンブルの島のようだが、投資新聞を買う。街は、みやげ物売り場で、人ごみの中にある。

タクシーで、3周すると、記念碑みたいなものがある。

ホンコンは、急速に発展していて、摩天楼が、そびえ立つ。やはり、世界のマーケットだ。

フィリピン　セブ島

セブへは、昔、行った。

ルーレットで、赤のゾロメかなんかにかけて、大もうけしたのは、学生の頃だ。

メトロマニラには、母と行った。ダイヤモンドホテルにつくと、音楽によいしれ、タガイタイにまで、ランドクルーザーで行く。

バンブーダンスのショーをみる。これは、ラーマヤナと同じ物語だろうか。

パイナップルかなんかの、お菓子を50ドルで買う。ここの名物だそうだが、たいそう美味しい。

マニラ湾は、パープル色で、せんざいのにおいがする。

シンガポール

インドへの経由地として、ホテルにとまる。中華街のようなものが、たくさんある。食べたのは、カレーだ。おどろいたのは、飛行場で、部屋が走り出したということだ。つまり、バリアーフリーが進んでいて、列車であるということに気づかなかった。マーライオンのそばまで行った。ビーフ・カレーを食べる。

バリ島（インドネシア）

エマニュエル夫人の舞台になったというホテルで泊まる。海ときれいさもあるが、ビーチがよく整備されている。

ケチャックダンスが有名な寺院へ行く。

ラーマ王の物語であるが、途中から、空に、龍のようなものがあらわれた。

動物園がエキゾチックで、ライオンやトラが、

岩の山や森の中にいる。

　ケニヤのような山の上に、多くの動物が、自然のように、飼われている。

　インド洋まで出て、クルーズをする。波が高くて、その上で、魚をつり上げる。四方八方へ波がせり上がり、海が、少しあれていた。

インド、パキスタン

1回目

　ホンコンから入り、中国のシルクロードを経て、カシュガルから、パキスタンのススト に入る。パミール高原を経て、アーメダーバードへ入り、バスで、南へ行く。

　ハラッパー、モヘンジョ・ダロと古代遺跡を見る。紀元前1500年のチェスは、象牙でできていて、不思議だ。

　カラチでは、海ガメを見るために、バンガローで海辺にとまる。ラクダに乗り、その大きさに驚

く。そこから、ボンベイへ飛び、シルクカーペットを買う。

　エローラ、アジャンタ、カジュラホなどをまわる。

インド

2回目

　サイババに会う。プッタパルティまで飛ぶ。

　マドラスは、神智学協会の本部がある所である。サイババの経営する、孤児院では、アムリタが、壁じゅうわきでている。

　これは、生物ではないか。蜜のように、あまいが、どんどん、ふえていくのは、不思議だ。

　マドラスでは、ブラバッキー夫人とオルコット大佐が、出会ったことが予測される。

　1850年頃のことにしても、キリスト教と仏教、カバラなどの秘教の話にまで、及んだことは、まちがいない。

中　　国

　ホンコンから、シンチェン、クンミン、ケイレン、シーリン、オメイ、チョンドゥ。

　成都では、チョモランマ行きか、ウルムチ行きか迷う。山下さんという人が、大回りした方が、安いと教えてくれる。

　私は、トルファン、ウルムチ、天池、カシュガル、ススト、パキスタンへ。

　天山山脈がそびえる。

　砂漠に大雨がふると、川のようなものができる。しかし、2、3日で、なくなる。

　列車に乗っていくと、だんだん、木々が、坊主頭みたいになっていって、砂漠になる。

　天池は、美しく、ひすい色のような色をしている。この他にも、銀色に鏡く、塩湖へ行く。

中　　国

大連

　楊美妮と、そこで出会い、結婚する。

　曲昭静を娘とし、緑会を開く。

　金州区と、金、金湾通り、和かいに乗り、長春へ行く。

　長い田園畑がつづく。

チンタオ

　ドイツのハイネケンが、支配下にあったところで、青島ビールがさかん。

　イエンティまで行くと、海の向こうに、日本が見える気がする。

北京

　毛沢東主席の文化大革命によって、大都会になり、各国のホテルが並ぶ。

　モーリーファーチャは、美味しい。

　ペキンダックとか、安いが、食べ方がある。北京動物園には、パンダ、オオカミがいる。

上海

東京に似ている。上海タワーは、圧巻だ。

我眉

仙人が住んでいるという、我眉山。

金頂にのぼると、雲が下に見える。老子の思想もうなづける。

石林

石の林が続いている。

ヤギの大群を、ビャオ族が、つれてくる。

ケイレン

山水画に、でてくる、そのたたづまい。

そこで、アオトウから、絵を買う。

天池

パオがあり、ひすい湖がある。

馬に乗った民族がいる。カヤックだ。ロシア系中国人であるという。

サイパン（米国）

ミクロネシア領

先住民は、狩猟民族。

大きな山があり、その辺りを海がおおう。海は、実に、みごとだ。

ここのエネルギーは、力を3倍にする。

米　国

オレゴン州のハイウェイの大きさにびっくりする。15車線ぐらいあるのか?

そこを、ごつい軽トラで行く。ニューヨーク空港まで行き、メキシコドルに両替したような気がする。

パレードか、なんか、行なわれているようだ。

アラスカ

実に、アイスクリームが美味しい。

ド　イ　ツ

　北回りだと、アラスカを経て、コペンハーゲン
か、ルクセンブルクから、入る。

ミュンヘン

　ビールとおつまみが美味しい。

ユングフラウヨッホ

　アイガーを見える。登山道があり、青白いよう
な、水が流れる。

ロマンティック街道

　古い、城が見える。

　教会が、ゴシック建築かなんかで、そびえ立つ。

スイス

　アルプスの高原がかがやき、列車が走る。コー
ラのかんが、浮かんでいる。

フランス

　エッフェル塔が、セーヌ川の横に、そびえている。

　このオレンジ色は、たまらない。

　ルーブル美術館には、モナリザのほほえみがあるが、いっぱいみたいということで、走った。

　パリの町並みは、ユトリロがえがいたようで、オペラ座のそばで、宿泊する。確かに、絵描きが多い。

　地下鉄には、ギャングがいて、金を集めている。タクシーは、ジェントルマンで、夜のフランスを案内してくれた。

　オレンジ色が、かがやく町並みは、最高だ。

UAE（ドバイ）

　アラブ首長国連邦のドバイ。ターシャカリフという、どでかい塔がそびえ立つ。

　インド系の労働者が、今、必死に働いている。

ペルシャ湾に面していて、バリアフリーになっている所も多い。意欲のある町だ。

　アブダビへの電車があるが、手前でおりる。ここは、砂漠だ。アラビアといえば、そうだが、ターバンをまいた、人々が、一生懸命きそって、ビルを建てている。

　世界のライバル達が、一刻をあらそっている。

ス　イ　ス

　アルプスの少女の風景が広がる。実際、白いアルプスの山々に、緑の草原が広がり、そこに、羊ややぎなど家畜が放牧されている様子は、本当に美しい。

　民族衣装も、花やいでいて、アニメよりも、ずっときれいな世界。

　鉄道が、絶景の中を走っている。なんとも、すばらしい、けいこくというか、美しい。山、谷、緑、空が広がる。雲が動く。人々が生活している。

お　茶

　我家は、お茶に関係している。日本での、お茶の開祖は、村田珠光であるといわれている。

　それから、しばらくして、今井宗久、津田宗及、千利休があらわれる。

　今井宗久は、堺の大商人で、茶わんを、献上することから、大名になる。

　今井そうくんが後をつぐ。一方、織部家と古田家は、ゆかりがあるようで、古田織部があらわれる。織部は、古田織部の、おじにあたり、美濃に住んでいた。古くは、京都、平安京にさかのぼり、織部司として、大蔵省を管轄していた。西安から、派遣されたという説もあり、スキタイ民俗、シューメール文明まで、さかのぼる。古事記にもある。

　中国茶は、随の国の楊帝が、めされていた。

　母は、今井家の出である。

　嫁は、中国の楊さんである。

　私は、織部家。

　母は、漢方茶をきわめ、数多くの茶を、つくる。

どくだみ茶、かき茶など、楊さんは、料理研究家で、各国の料理を造る。

中国人は、美味しいものは、残す。

日本人は、美味しいものも、そうでないものも、残さず食べる。残すと、「もったいない」とくる。しかし、妻は、残ったものを、何度も、料理して、別の料理にしていく。

お茶に関しては、モンゴル茶が深い。つまり、ヤギのミルクから造る。いわゆる、ミルク茶だが、天池にて、これを飲む。塩からいようなバター茶のような感じだ。パオは、よく出来ていて、天体を見るようにもなっている。

羊の群れが、朝早くから、パオの回りへ集まる。メェーメェーというより、クェークェーとないている。

食事か、なんかの時間なのか？

この移動民族は、スキタイ民族かもしれない。ウルムチから西へ行くと、砂糖があり、いわゆる西洋茶になる。つまり、紅茶。

会　計　学

　現代社会学は、コンピューター会計。

　もちろん、通帳会計も、伝票会計もある。

　収支計算は、コンピューターがしている。残高は、その繰り越しと、棚おろしである。期末在庫を把握する。

　収支表は、既に、コンピューター上、作成される。

　たとえば、銀行上、取引記録が残る。あとは、現金決済だけである。手形、小切手取引は、通帳上にある。あとは、決算で、収支とデータが一致するか否か。その後、課税論、税法。

　残高については、資産残高等、いわゆる、B/S、P/Lの一致。

　相続、贈与の計算。遺産分割等、家族会議、会計相談、銀行借入の方法。

　カードローン、担保、抵当権、借地権等、もちろん、記帳会計もある。

ブッディズム

　ゴータマ・シッダールタ、後のブッダ（覚者）。シャカ族の王子で、その世界から、ぬけ出し、苦行し、中道の教えに辿りつく。中庸。

　修行して悟りを開くが、梵天（ブラフマン）から、地上に、その教えを広めなさいといわれ、晩年、横たわりながら、説教したという。

　ブッダが布教した地は、東南アジアの方方に残っている。これを、小乗仏教という。ストゥーパという、仏法典が、おさめられた所がある。

　私は、インドで聞いた所、シャカ様は、神様の生まれかわりであるという。つまり、ヒンドゥー教のある神様が生まれかわって、ブッダになったのだという。

　調べてみると、ヒンドゥー教の前に、バラモン教があり、その中に、輪廻思想というものはある。これは、リグ・ヴェーダ、アーユル・ヴェーダ、ウパニシャッド、マハバァーラタ・ラーマヤナなどの書物の中にある。寺院をまわるとわかる。

宗教哲学といえば、そうなんだけど、仏教は、小乗と大乗にわかれる。

要するに、一人で真理を求めるか。大多数で舟に乗って、真理を求めるかということである。

小乗仏教は、根本仏教でもあり、ニルヴァーナに近づく方法まで書いてある。

大乗仏教、日本の仏教は、すべて、この大乗に入るとされる。真言宗と天台宗、高野山仏教と、比叡山仏教の流れがある。

最澄、空海は、唐へ渡り、仏教を学ぶ。空海は、天竺のサンスクリット語まで学び、四国へと流布した。

最澄は、本州をまわった。美濃の辺りも、ゆかりの地は多い。

その後、法然上人は、『南無阿弥陀仏』ということをきいてきた『ナムアミタープ』ということで『はかることができないほど、慈愛に満ちた仏さまが、あなたを守ってくださるから、身をゆだねなさい』という意味である。

これは、韓国、中国でもとなえられている。そ

れを聞いた、親らん上人が、浄土新宗というもの
を始める。

　また、後の、日蓮は、日蓮宗を始める。

　もちろん、道元、栄西という人物は、もっと前
で、禅宗を説く。

　臨済宗、曹洞宗、などがある。

　「すわることによって、悟る」

　座禅、正座により、チャクラを開き、クンダリー
ニを呼びおこす。

　ヨガにも、通じるというか、同じである。ある
意味で、ねはんに達するということである。

キリスト教とか神智学について

　ロゴス（神智学）と、ゼウス（旧約聖書の神）
は、同じであるとして、メシアについては、異な
る。新約聖書では、メシアは、ジーゼズ・クライ
スト、ユダヤ教では、別のメシアがあらわれると
する。ムスリムでも、旧約聖書は、同じくして、コー

ラン（ムハメッド）の教えを信じる。

　ロゴスには、三位一体があり、神智学では、それは、力の働きだともいうが、それは、神聖なものである。

　キリスト教にも、父と子と聖霊という教えがあり、スピリチュアルなものである。

　Godとspiritの関係でフォース（力）が働くというもの。

　そこに、believe、信じるという力、信心というハート、スピリットが加わる。

　ニューヨーク、マドラスなどに、拠点をおく（神智学ロッジ）。

哲　　学

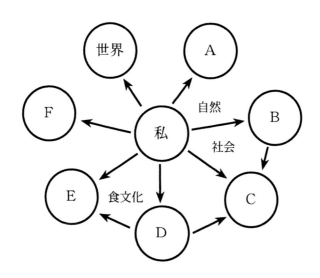

　哲学する人が中心にいる。

　つまり、私がいて、この世界をどう見るか。どう考えるか。どう生きていくかの問題。

　まず、その人の世界観。

　世界は、何からできているか。

　どうして、そういう事が起きるのか。私は、その世界で、どうすればいいのか、いろいろな哲学がある。思想、倫理学と科学いうが、すべてである。

私が生きていくには、世界が必要で、支えがな
いといけない。つまり、ユートピアということに
なると、父・母・妻・子といなければいけない。

　人と人の支え、それで多数の人々とつながり、
今、ある宇宙にどっぷりつかる。あとは、この世
界をどう思うかだけ！というのが、一つの結論。

　人とのコミュニケーションがあるから、成り立
つ世界。それは、手話でも、合図でもいい。

　自分の意思を伝達できれば、ある程度、聞いて
もらえる社会、これが、今、いるユートピア。あ
る意味で、現金主義というか、金の範囲内で、大
体の事ができるのが、日本という国。身分の差と
いうより、お金を持っているか、どうか。これが、
この社会でのちがい。

　お金があれば、大きな事でもできる。

　なければないで、思想・言論の自由はある。

　そこでは、自由主義で、何を考えてもよく、何
を言ってもいいわけだ。

　しかし、名誉きそん等の法律はある。思想の自
由は、その世界を大きくすることもできる。

人に、迷惑をかけなければ、その世界で遊ぶことは自由。

たとえば、航海をしていて、部屋の中で、何をしていても自由。考えごとが、議論とか、宇宙観なんてものは、一人一人ちがってもいい。

広大な宇宙。なぞが解けないように、できている。

仮説なら、いくら、あってもいい。

ブルース・リーについて

なぜ哲学があるのか?

ブルース・リーは、予知している。すべてを感じることによって、次の一げきがでている。人を観察することによって、相手から、目をそらさないようにしている。観察力、行動力、これが、つながっている。

あとは、心理的なもの、表現力。

相手を倒した後の、なんともいえない、悲しそ

うな表情。

　要するに、喜怒哀楽がある。

　武道だから洞察力はある。

　ヒューマンドキュメントでありスペクタクルで
ある。

航 海 日 誌

　人が集まる。がやがやしている。

　船内で、パーティーをする。

　ウクレレをひいて、盛り上がる。

　「へたくそ」と言われて、取り上げられる。

　そいつが、場を盛り上げる。

　しらけて、キャビンへ戻る。

　青い星空が広がっている。

　ある意味で、航海の夢が広がる。

　この世界に、何が、あるのか。

　コロンブスやマゼランの発見だ。

　ダーウィンや、バスコ・ダ・ガマ、ニュートン

もみんなである。

　船は、ホンコンにつく。

　朝の公園で、太極拳をやっている。空手や太極拳、練習をしている。

　カンフーができる男が、乗船する。

　船の中で、腕ずもう大会が行なわれる。

　車イスの男が、いきなり、おどりでる。

「お前、何者だ」

「私は、柔道二段です」

「おもしろい。俺と勝負だ」

　空手家が言う。

「本当にけらないで下さいね」

「かわせるなら、かわせ」

「その前に、うでずもう対決だ」

　空手の男は、敗れる。

　彼は、むかついて、「試合だ」

　といい、挑発する。

　場所は、デッキだ。

　結果は、わからない。

　そこで、カンフーの男がでてくる。

53

「俺と、勝負だ」

　空手対、太極拳、こちらは、本気みたいだ。勝負あったという所で終る。

　勝った空手家は、試合をふりかえって、説明する。

　船は、ジャカルタに到着する。

　車イスの男が動物園に行きたがる。

　自然の中の動物園だ。

　空手家は、「俺がおしてやる」

「力が入ってないが、スキがない」

　そして、園内をまわる。

　動物の動きを観察しながら、何か言う。軽い動きだ。

風について

　ホンコンから、名古屋に向かっている。

　磁石は、北北東。

　風に乗ると、2時間。

　ホンコンから名古屋への風に乗ると早いものである。

　但し、逆の風に乗れば、逆まわりとなり、高度をあげたりして、地球がまわるのをまって、別の風に乗って名古屋につく。

　これだと、4時間半か5時間名古屋、ホンコンは、地球と逆まわりと考えた方が、わかり易く、4時間半、飛行機は、風に乗るだけである。

宇　宙

太陽が真上からさしているという説

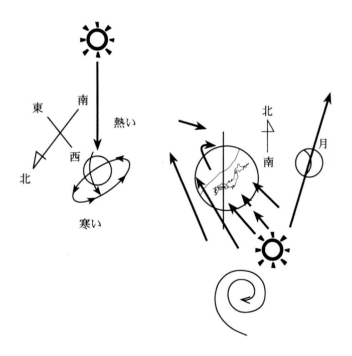

太陽系自体は動くけど、地球と太陽は、だいたい一定距離をもって、浮かんでいるという説。

9月〜12月株式　（約3カ月）

						12/12	12/22
MHFI	80.28	81.78	84.05	84.62	87.52	88.52	90.50
BABA	88.26	90.90	95.76	97.79	98.31	105.11	108.77
BK	36.36	36.80	37.12	37.40	37.70	39.92	40.95 41.76×80
ND	9.35	9.42	9.5	9.53	9.680	8.90	8.86
GL	1.63	1.65	1.65	1.62	1.660	1.75	1.76
USD	106.97			108.19			120.115
HKD	13.79			13.95			15.46

119.86

　米国株、中国株は、アベノミクスによる、円安、株高政策により、伸びた。

　中国株の方が、安定しているが、HKDは、強くなった。米国株は、過去最高値まであげている。

　日本においても、経済面で、量的緩和政策により、2％のインフレを黒田ミクスは期待している。

　日経平均もあげ、ニューヨークも上げる。

　東京オリンピックに向けて、どう動くか？

　ルーブルは、下げるが、キューバとの友好に近づく、中国の元は、当分の間、通貨市場をにぎるいきおいだ。

運命について

たとえば、妻と会うか否か。会って結婚するか否かで、運命は、大きく変わっていた。

知人にＡさんがいる。Ａさんは、教授である。その人を知らなかったら、学習や研究の意味も、よく、わからなかったろうし…。

友人のＢが、それをすると言ってなかったら、あまり、関心のないジャンルだったかもしれない。数かぎりない程、偶然的な出会いがある。必然と偶然は、同じだということを云う人もいるが、私は、同じだとは思わない。

つまり、100％の運命論者ではなく、95％ぐらいで、運命は不確かなものになる。

つまり、5％ぐらいは、ストライクゾーンから、はみでることがあり、運命を不確かにしている。

輪廻ということで、生まれかわり、100％の自分になろうとしていると考えた時、そのスキマをどううめるかというリハーサルを社会でおこなっている。

終　り　に

　去っていく風景

　思い出の場面、人々、声。

　あの時の勇気を持って、立ち向かえたら、もう

一度、取り戻せる、さまざまなもの。

　幾度も、試練はやってくる。

　生・老・病・死。

　それが、人生にはあって、年々、山々は険しく

なる。若い頃に、いきおいよく登った山を、後に

して、もう一度、くだりながら、登っていかなく

てはいけない。

　「この世に生きた足跡を残せ」と父は言ってい

た。

　私は、幸せの中を、生きてきた。

　みなさんの応援歌に支えられてきた。

　これからの、みなさんに、エールを送りながら、

ゴールへと向かいたい。

　二度とない日々に、ありがとう。

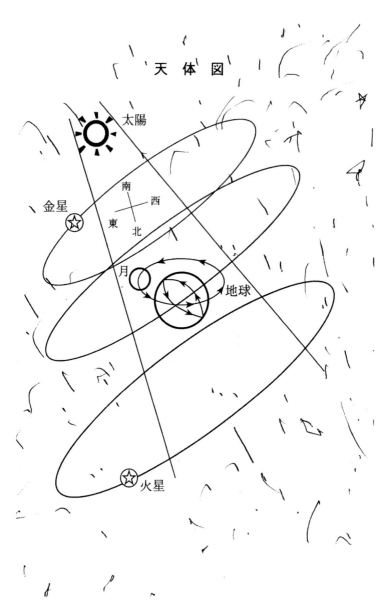

織部 浩道（おりべ ひろみち）

新世紀会を運営し、ツイッター、イーネッターをつとめる。近未来社会を実現すべく、様々な取り組みをしている。詩的な世界から、絵画的世界、刻々と動く現代を追いかけている。時代の大転換期にあって、崩壊の後、新しい未来が訪れる。コンピューター政府、アンドロイドと共に生きる新人類の世界。過去の歴史から、新たな新世界を創るシンクタンク。農業、食糧革命が近日、起きると予想中。現代ヒエラルキーは、崩壊へと向かう。

航海日誌
2016年9月22日発行

著　者	織部浩道
制　作	株式会社 風詠社
発行所	ブックウェイ

〒670-0933　姫路市平野町62
TEL.079 (222) 5372　FAX.079 (223) 3523
http://bookway.jp

印刷所　小野高速印刷株式会社
©Hiromichi Oribe 2016, Printed in Japan
ISBN978-4-86584-196-1

乱丁本・落丁本は送料小社負担でお取り換えいたします。

本書のコピー、スキャン、デジタル化等の無断複製は著作権法上での例外を除き禁じられています。本書を代行業者等の第三者に依頼してスキャンやデジタル化することは、たとえ個人や家庭内の利用でも一切認められておりません。